www.ingramcontent.com/pod-product-compliance
Lightning Source LLC
LaVergne TN
LVHW020442080526
838202LV00055B/5312
9788196113469

ایک درجن تاریخی کہانیاں

(بچوں کی کہانیاں)

مصنف:

طالب الہاشمی

© Taemeer Publications

Aik darjan Tareeqi Kahaniyaan *(Kids stories)*
by: Talib AlHashmi
Edition: February '2023
Publisher & Printer:
Taemeer Publications, Hyderabad.

ISBN 978-81-961134-6-9

مصنف یاناشر کی پیشگی اجازت کے بغیر اس کتاب کا کوئی بھی حصہ کسی بھی شکل میں بشمول ویب سائٹ پر اَپ لوڈنگ کے لیے استعمال نہ کیا جائے۔ نیز اس کتاب پر کسی بھی قسم کے تنازع کو نمٹانے کا اختیار صرف حیدرآباد (تلنگانہ) کی عدلیہ کو ہو گا۔

© تعمیر پبلی کیشنز

کتاب	:	**ایک درجن تاریخی کہانیاں**
مصنف	:	**طالب الہاشمی**
صنف	:	ادب اطفال
ناشر	:	تعمیر پبلی کیشنز (حیدرآباد، انڈیا)
زیر اہتمام	:	تعمیر ویب ڈیولپمنٹ، حیدرآباد
تدوین / تہذیب	:	مکرم نیاز
سالِ اشاعت	:	۲۰۲۳ء
تعداد	:	(پرنٹ آن ڈیمانڈ)
طابع	:	تعمیر پبلی کیشنز، حیدرآباد - ۲۴
صفحات	:	۵۲

فہرست

(۱)	سانچ کو آنچ نہیں	7
(۲)	ہمسائیگی کا حق	13
(۳)	علم کی قدر	16
(۴)	ادلے کا بدلہ	17
(۵)	خلیفہ مہدی اور ایک بدّو	19
(۶)	کتابوں کا خمیر	21
(۷)	شہزادوں کا امتحان	31
(۸)	حاضر جواب مجرم	33
(۹)	ہارون الرشید اور بہلول دانا	35
(۱۰)	جھوٹا نجومی	38
(۱۱)	سلطنت کی قیمت	40
(۱۲)	شریف کون اور رذیل کون	42

تعارف

ایک مہذب اور صاف ستھرے سماج اور ملک و ملت کے زریں مستقبل کے لیے ادب اطفال کی جتنی ضرورت ہمیں کل تھی، آج بھی ہے۔ ان کہانیوں میں وعظ و پند کا شور نہیں بلکہ انسان دوستی اور ہمدردی کی دھیمی اور بھینی بھینی مہک ہونی چاہیے۔

بچوں کیلئے اخلاقی تاریخی کہانیاں لکھنا بہت ہی مشکل کام ہے۔ چنانچہ تاریخی کہانیوں کو دلچسپ اور پرکشش و مفید بنانے کیلئے مصنف کے اسلوب اور طرز تحریر کی بڑی اہمیت ہے۔ کیونکہ تاریخی واقعات کو جوں کا توں بیان نہیں کیا جا سکتا بلکہ قاری کو اس دور کی جھلک بھی دکھانا ہوتا ہے۔

طالب الہاشمی صاحبِ طرز ادیب تھے۔ تاریخ پر ان کی بڑی گہری نظر تھی اور انہوں نے تاریخ کے کم و بیش ہر پہلو پر قابل قدر کتابیں لکھیں جبکہ ان کا اصل موضوع سیرت رسولؐ اور سیرت صحابہؓ رہا۔

بچوں کے لیے بھی طالب الہاشمی نے جو چند تاریخی کہانیاں تحریر کی تھیں ان کا ایک مختصر انتخاب تعمیر پبلی کیشنز کی جانب سے جدید ایڈیشن کی شکل میں شائع کیا جا رہا ہے۔

سانچ کو آنچ نہیں

دوسرے عبّاسی خلیفہ ابوجعفر مَنصُور کے پاس ایک دفعہ ایک شخص نے چُغلی کھائی کہ کُوفہ کے فلاں شخص کے پاس خاندانِ بنُو اُمیّہ کی چھوڑی ہوئی لاکھوں روپے کی امانتیں موجود ہیں۔ ان سب پر اُس نے خود قبضہ کر لیا ہے اور ان میں سے ایک پیسہ بھی عبّاسی حکُومت کے خزانے میں جمع نہیں کرایا۔ خلیفہ نے حُکم دیا کہ اس شخص کو فوراً گرفتار کر کے اس کے سامنے پیش کیا جائے۔ وہ شخص کوفہ سے گرفتار کر کے لایا گیا اور خلیفہ کے سامنے پیش کیا گیا تو خلیفہ نے دیکھا کہ وہ ایک جوان آدمی ہے اور اس کے چہرے پر ذرا بھی گھبراہٹ نہیں ہے۔

خلیفہ نے اس سے کہا:

"ہمیں معلوم ہوا ہے کہ تمہارے پاس بنواُمیّہ کی چھوڑی ہوئی بہت سی امانتیں موجود ہیں تمہیں چاہیے کہ یہ سب امانتیں فوراً ہمارے حوالے کر دو ورنہ تمہیں سخت سزا دی جائے گی۔"

کُوفی جوان نے بڑی دلیری سے جواب دیا:-

"امیرالمؤمنین کیا آپ بنو اُمیّہ کے وارِث ہیں ؟"
مَنصُور نے کہا : "نہیں!"
جوان نے کہا : "کیا وہ آپ کے حق میں وصیّت کر گئے ہیں۔"
مَنصُور نے کہا : "نہیں"
جوان نے کہا : "تو پھر میں کس قاعدے اور قانون کے مطابق یہ امانتیں آپ کے حوالے کروں ؟"
مَنصُور سر جُھکا کر سوچ میں پڑ گیا پھر اس نے کہا :
"بنو اُمیّہ نے مسلمانوں کے مال میں خِیانت کی تھی اس لیے میرا فرض ہے کہ مسلمانوں کا جو مال خِیانت سے لیا گیا تھا اس کا مطالبہ کروں اور اس کو سرکاری خزانے میں داخل کروں۔"
جوان نے کہا : "امیرالمؤمنین ! اس بات کا کیا ثبوت ہے کہ میرے پاس بنو اُمیّہ کا جو روپیہ جمع ہے یہ وہی روپیہ ہے جو انہوں نے مسلمانوں کے مال میں خِیانت کر کے جمع کیا تھا۔ یہ بات تو ہر شخص جانتا ہے کہ بنو اُمیّہ کی آمدنی کے بہت سے ذریعے تھے ان میں جائز ذریعے بھی ہو سکتے ہیں اور ناجائز بھی۔ جب تک اس بات کو ثابت نہ کیا جائے کہ میرے پاس ان کا جو روپیہ ہے وہ ناجائز ذریعے سے حاصل

کیا گیا تھا آپ یہ مجھ سے کیسے چھین سکتے ہیں؟"

اب مَنصُور لاجواب ہو گیا اور اُس نے حُکم دیا کہ اس شخص کے ہاتھوں سے ہتھکڑیاں اور پاؤں سے بیڑیاں نکال دی جائیں۔ اس کے بعد اس نے کوفی جوان سے دریافت کیا:

"کیوں بھئی تم کو کسی چیز کی ضرورت ہے؟"

اس نے جواب دیا: "امیر المؤمنین! میں چاہتا ہوں کہ آپ میرے گھر والوں کو اسی وقت ایک خط بھیج دیں جس میں ان کو اطلاع دی گئی ہو کہ میں خیریت سے ہوں کیونکہ وہ میرے بارے میں سخت فکر مند ہوں گے۔"

مَنصُور نے فوراً ایک خط لکھوا کر اس کے مکان پر بھجوا دیا۔ اس کے بعد اس نے کوفی جوان سے پھر پوچھا، "کوئی اور حاجت ہو تو وہ بھی بیان کرو۔"

جوان نے کہا:

"امیر المؤمنین! ایک حاجت اور ہے اگر آپ اس کو پورا کر دیں تو مجھ پر احسان ہو گا۔"

مَنصُور نے کہا: "تم اپنی حاجت بیان کرو اسے ضرور پورا کیا جائے گا۔"

کوفی جوان نے کہا: "امیر المؤمنین! میں چاہتا ہوں کہ جس شخص

نے آپ کو بتایا کہ میرے پاس بنو اُمیّہ کی لاکھوں روپے کی امانتیں موجود ہیں اس کو میرے سامنے لایا جائے۔ خدا کی قسم اس شخص نے بالکل جھوٹ بولا ہے میرے پاس بنو اُمیّہ کا نہ کوئی روپیہ ہے اور نہ کوئی امانت۔ میں اپنی بات کا ثبوت اُس وقت پیش کروں گا جب میری جھوٹی چغلی کھانے والے شخص کو یہاں بُلایا جائے گا۔"

مَنصُور نے کہا: "اگر یہ بات جھوٹ ہے تو جب ہم نے تم سے امانتوں کا مطالبہ کیا تھا اس وقت تم نے انکار کیوں نہیں کیا تھا؟"

جوان نے کہا: "امیرالمؤمنین مجھے ڈر تھا کہ اگر میں انکار کر دوں گا تو کوئی میری بات کا یقین نہیں کرے گا اور مجھے مارا پیٹا جائے گا۔"

اب منصور نے اپنے سپاہیوں کو حُکم دیا کہ اُس شخص کو ہمارے سامنے ابھی حاضر کرو جس نے ہم سے اس کُوفی جوان کی شکایت کی تھی۔

تھوڑی دیر کے بعد سپاہی اس شخص کو پکڑ کر دربار میں لے آئے۔ مَنصُور نے اس کُوفی جوان کی طرف دیکھ کر کہا:

"یہ شخص جو تمہارے سامنے موجود ہے اسی نے ہم کو بتایا تھا کہ تمہارے پاس بنو اُمیّہ کا چھوڑا ہوا بہت

سا مال امانتوں کی صورت میں موجود ہے۔"

کوفی جوان نے کہا: "امیرالمؤمنین! یہ شخص میرا غلام ہے۔ چند دن ہوئے یہ میرے گھر سے تین ہزار اشرفیاں چُرا کر بھاگ گیا تھا اس کو یقیناً میری طرف سے یہ اندیشہ ہوگا کہ اگر میں اس کو دیکھ پاؤں گا تو پکڑوا کر سزا دلواؤں گا اس لیے اس نے یہی مناسب سمجھا کہ میرے خلاف جھوٹی شکایت کر کے مجھے مصیبت میں پھنسا دے تاکہ میں اس کا پیچھا نہ کر سکوں۔"

منصور نے اس بھگوڑے غلام کی طرف غصّہ سے دیکھا اور کڑک کر کہا:

"سچ سچ بتا کہ اس کوفی جوان نے جو کچھ کہا ہے وہ ٹھیک ہے؟"

غلام خوف کے مارے کانپنے لگا اور اس نے کہا:

"امیرالمؤمنین اس کوفی جوان نے جو کچھ کہا ہے وہ صحیح ہے۔ میں نے اس کی جو تین ہزار اشرفیاں چُرائی تھیں وہ مجھ سے ضائع ہو گئیں۔ میں نے اپنی جان بچانے کی خاطر اس کے خلاف آپ سے جھوٹی شکایت کر دی۔ مجھ سے یہ بہت بھاری گناہ ہوا

جس پر میں شرمندہ ہوں اور معافی چاہتا ہوں۔"

منصور نے اس غلام کو کوفی جوان کے سپرد کر دیا اور کہا، "تم جو سلوک مناسب سمجھو اس سے کرو۔"

کوفی جوان نے کہا:

"امیر المؤمنین میں اس غلام کے قصور کو معاف کرتا ہوں کیونکہ اسی کی وجہ سے مجھے شاہی دربار میں حاضر ہونے اور آپ کی زیارت کرنے کی عزت نصیب ہوئی ہے۔"

منصور کوفی جوان کی شرافت دیکھ کر بہت خوش ہوا اور اس کو بھاری انعام دے کر بڑی عزت کے ساتھ دربار سے رخصت کیا۔

ہمسائیگی کا حق

حضرت امام ابُوحَنیفہ رَحمۃُ اللہ عَلَیہ دوسری صدی ہجری میں مسلمانوں کے بہت بڑے امام گزرے ہیں۔ تاریخ میں وہ امام اعظم کے لقب سے مشہور ہیں۔ امام صاحبؒ بہت نیک دل اور خدا سے ڈرنے والے بزرگ تھے۔ اُن کے پڑوس میں ایک موچی رہتا تھا۔ یوں تو وہ محنتی آدمی تھا اور دن بھر بازار میں بیٹھ کر اپنا کام کرتا رہتا تھا لیکن اس کو عیش کرنے کا بھی بہت شوق تھا۔ ہر روز شام کو گھر آتے وقت گوشت، مچھلی اور شراب خرید لاتا تھا۔ گوشت اور مچھلی بھون کر خوب کھاتا اور ساتھ ساتھ شراب پیتا جاتا تھا۔ جب شراب کے نشے میں بدمَست ہو جاتا تو بہت شور مچاتا اور لہک لہک کر گاتا۔ جب گاتے گاتے تھک جاتا اور کافی رات گزر جاتی تو سو جاتا —— ایک شعر تو وہ ہر روز ہی بڑے مزے سے بار بار پڑھا کرتا تھا جس کا مطلب یہ تھا:

"لوگوں نے مجھ کو اپنے ہاتھ سے کھو دیا اور کیسے بہادر کو کھو دیا جو لڑائی کے وقت ان کے کام آتا۔"

امام صاحبؒ ساری ساری رات عبادت میں مشغول رہتے تھے ۔ان کو اپنے ہمسائے کے شوروغل سے بہت تکلیف ہوتی تھی لیکن وہ اسے بڑے صبر سے برداشت کرتے رہتے تھے ۔ انہوں نے اس کو نہ کبھی شور مچانے سے منع کیا اور نہ بُرا بھلا کہا۔

ایک رات امام صاحبؒ نے موچی کا شوروغل نہ سُنا اور ساری رات اس کی آواز آپ کے کانوں میں نہ پڑی ۔ صُبح کو محلّے کے لوگوں سے پوچھا کہ ہمارا ہمسایہ خیریت سے تو ہے؟ رات بھر اس کی آواز نہیں آئی ۔

لوگوں نے بتایا کہ رات کو اسے پولیس گرفتار کر کے لے گئی اور اب وہ قید خانے میں ہے ۔

امام صاحبؒ فجر کی نماز پڑھ کر خچر پر سوار ہوئے اور سیدھے شہر کے حاکم کے پاس تشریف لے گئے ۔ اس نے آپ کو بڑی عزّت سے بٹھایا اور پھر بڑے اَدَب سے پوچھا:

"آپ سویرے ہی سویرے کیسے تشریف لائے ۔میرے لائق کوئی خدمت ہو تو فرمائیے ۔"

امام صاحبؒ نے فرمایا :

"میرا ایک پڑوسی ہے جسے آپ کے سپاہیوں نے گرفتار کر لیا ہے میں چاہتا ہوں کہ اسے رہا کر دیا

جائے۔ وہ محنتی آدمی ہے سارا دن بازار میں اپنا کام کرتا رہتا ہے اور ساری رات اپنے گھر پر رہتا ہے۔"

حاکم نے موچی کا نام پوچھا اور پھر اس کو فوراً رہا کرنے کا حکم دیا ساتھ ہی اس نے امام صاحبؒ کے تشریف لانے کی خوشی میں ان تمام قیدیوں کو بھی رہا کر دیا جو اس رات گرفتار ہوئے تھے۔ امام صاحبؒ واپس تشریف لائے تو موچی بھی ساتھ تھا۔ گھر کے دروازے پر پہنچ کر امام صاحبؒ نے ہنستے ہوئے اس سے فرمایا: "کیوں بھائی ہم نے تو تمہیں اپنے ہاتھ سے نہیں کھویا!"

موچی کی آنکھوں میں آنسو آ گئے اور اس نے کہا:

"نہیں جناب آپ نے تو ہمسائیگی کا حق ادا کر دیا اگر آپ میرے پڑوسی نہ ہوتے تو معلوم نہیں میں کب تک قید خانے میں پڑا رہتا۔"

امام صاحبؒ نے فرمایا: "بھائی اب تم بھی ہمسائیگی کا حق ادا کرو۔" موچی نے کہا: "خدا کی قسم آج کے بعد میں کبھی شراب کو ہاتھ تک نہ لگاؤں گا۔"

اس کے بعد وہ زندگی بھر اپنی توبہ پر قائم رہا اور پرہیزگار لوگوں کی طرح اپنی زندگی گزاری۔

عِلم کی قدر

حضرت امامِ اَعظم اَبُو حَنِیفہ رَحمۃُ اللہ عَلَیہ نے اپنے بیٹے حمّادؒ کو قرآن مجید پڑھانے کے لیے ایک اُستاد کے سپرد کیا۔ جب انہوں نے سورہٗ فاتحہ ختم کر لی اور اپنے ابا جان کو سنائی تو وہ بہت خوش ہوئے اور اُن کے اُستاد کی خدمت میں ایک ہزار درہم پیش کیے۔

اُستاد نے کہا:۔

"جناب! میں نے ایسا کیا کام کیا ہے کہ آپ اتنی بڑی رقم عطا فرما رہے ہیں۔ بچے کو قرآنِ پاک پڑھانا میرا فرض تھا وہی میں نے ادا کیا ہے۔"

امام ابو حنیفہؒ نے فرمایا:

"پیارے بھائی! آپ نے بچے کو جو کچھ سکھایا ہے وہ کوئی معمولی چیز نہیں ہے۔ خدا کی قسم اگر اس وقت میرے پاس اس سے زیادہ رقم ہوتی تو میں وہ بھی خوشی سے آپ کی خدمت میں پیش کر دیتا۔"

اَدلے کا بَدلا

حضرت امام اَبُوحَنِیفہ رَحْمَۃُ اللّٰہِ عَلَیْہِ ایک دفعہ کسی صحرا میں سفر کر رہے تھے۔ اُن کے پاس مشکیزے میں جو پانی تھا وہ ختم ہو گیا۔ اِدھر اُدھر نظر دوڑائی لیکن ہر طرف ریت کے بگولے اڑ رہے تھے اور پانی کا نام و نشان تک نہ تھا۔ امام صاحبؒ کو سخت پیاس محسوس ہو رہی تھی۔ اِتفاق سے انہیں ایک بَدُّو مل گیا جس کے پاس پانی کا ایک مشکیزہ تھا۔ امام صاحبؒ نے اس سے پانی مانگا، بَدُّو نے پہلے تو پانی دینے سے صاف انکار کر دیا پھر کچھ سوچ کر کہنے لگا کہ اگر پانچ درہم دو تو یہ مشکیزہ تمہیں مل سکتا ہے۔

امام صاحبؒ نے اس کو پانچ درہم دے کر مشکیزہ لے لیا اور سیر ہو کر پانی پیا پھر بَدُّو سے پوچھا:

"بھائی میرے پاس کچھ سَتّو ہیں کیا تم انہیں کھانا پسند کرو گے؟"

اس نے کہا "کیوں نہیں"

امام صاحبؒ نے اس کو سَتّو دے دیئے جن میں خوب

روغن زیتون ڈالا گیا تھا۔ بدّو نے یہ ستّو خوب پیٹ بھر کر کھائے۔ اب اس کو سخت پیاس لگی اور اُس نے امام صاحبؒ سے کہا:

"ایک پیالہ پانی کا مجھے دیجئے۔"

امام صاحبؒ نے فرمایا: "پانچ درہم میں ملے گا اس سے کم میں نہیں۔"

یوں بدّو نے پانی کے بدلے میں جو پانچ درہم لیے تھے اس کو واپس دینے پڑے۔ مگر اب آپؒ نے پورا مشکیزہ اس کو دے دیا اور پانچ روپئے بھی دے دیئے۔

اس طرح امام صاحبؒ نے اس بدّو کو یہ سبق دیا کہ ضرورت مند کے ساتھ خدا کو خوش کرنے کے لئے نیکی کرنے سے بہت فائدہ ہوتا ہے۔ ہر وقت دنیا کی دولت کا لالچ زیادہ فائدہ نہیں دیتا بلکہ اس سے الٹا نقصان بھی ہوسکتا ہے جیسے بدّو نے پورا مشکیزہ پانچ روپئے میں فروخت کیا اور پھر اسے صرف ایک کٹورے کے بدلہ میں پانچ روپئے بھی واپس دینے پڑ گئے۔

خلیفہ مہدی اور ایک بدّو

عبّاسی خاندان کا تیسرا خلیفہ مہدی ایک دن شکار کھیلتے کھیلتے اپنے ساتھیوں سے بچھڑ گیا اور ایک ویرانے میں جا نکلا جہاں نہ پانی تھا اور نہ کھانے کی کوئی چیز۔ اِدھر اُدھر نظر دوڑائی تو دُور ایک خیمہ نظر آیا۔ گھوڑا دوڑا کر وہاں پہنچا تو خیمے کے سامنے ایک بدّو کو بیٹھے پایا۔ خلیفہ نے اس سے کہا:

"بھائی میں راستہ بھول کر اِدھر آگیا ہوں اور اب تیرا مہمان ہوں۔"

بدّو نے کہا ـــــ "آپ امیر آدمی معلوم ہوتے ہیں اگر مجھ غریب کا مہمان بننا آپ کو پسند ہے تو جو کچھ میرے پاس موجود ہے حاضر کیے دیتا ہوں۔"

خلیفہ نے کہا ـــــ "اس وقت میں سخت بھوکا ہوں جو کچھ موجود ہو لے آؤ۔"

بدّو نے فوراً اس کے سامنے بہت سے ستّو رکھ دیئے۔ خلیفہ نے پیٹ بھر کر کھائے۔ تھوڑی دیر بعد پیاس لگی تو بدّو سے کہا، مجھے پہچانتے بھی ہو میں خلیفہ مہدی کے دربار کا افسر ہوں،

کوئی پیاس دُور کرنے والی چیز ہو تو لاؤ۔ بُدّو نے دودھ کا ایک پیالہ اس کے سامنے پیش کیا۔ مہدی نے دودھ پی لیا لیکن اس کی پیاس دُور نہ ہوئی، بُدّو سے کہنے لگا "بھائی میں مہدی کی فوج کا سپہ سالار ہوں کچھ اور لاؤ۔" اب بُدّو نے ٹھنڈے پانی کا ایک پیالہ اسے پلایا۔

پانی پی کر خلیفہ نے کہا ـــــ "بھائی سچ تو یہ ہے کہ میں خود خلیفہ مہدی ہوں کچھ اور پانی لاؤ"

بُدّو نے یہ سُن کر پیالہ ایک طرف رکھ دیا اور کہا "خدا کی قسم اب تمہیں کچھ نہ دوں گا۔ ستو کھاکر تم نے دربار کا افسر ہونے کا دعویٰ کیا، دودھ کا پیالہ پی کر کہا کہ میں سپہ سالار ہوں، پانی کا پیالہ پی کر خلیفہ مہدی بن بیٹھے۔ اب تمہیں اور پانی پلایا تو پیغمبر ہونے کا دعویٰ کر دو گے"۔ خلیفہ اُس کی باتیں سُن کر بہت ہنسا۔ اتنے میں اس کا لشکر آگیا اور سپاہی اس کو جُھک جُھک کر سلام کرنے لگے۔ بُدّو سمجھ گیا کہ واقعی خلیفہ مہدی خود اس کا مہمان تھا۔ بے چارہ ڈر کے مارے کانپنے لگا کہ معلوم نہیں خلیفہ کیا سزا دے لیکن خلیفہ نے اس کی پیٹھ پر ہاتھ پھیرا، اس کا شکریہ ادا کیا اور پھر اس کو بہت سی اشرفیاں انعام دے کر خوش کر دیا۔

کتابوں کا خمیر

عباسیوں کے زمانۂ حکومت میں اصمعیؒ دین کے ایک بڑے عالم اور عربی زبان کے مشہور ادیب گزرے ہیں۔ ان کا پورا نام ابوسعید عبدالملک بن قریبُ الاصمعی تھا۔ وہ ۱۲۲ھ ہجری میں پیدا ہوئے اور ۲۱۳ھ ہجری میں فوت ہوئے۔ شروع شروع میں وہ بہت غریب تھے لیکن اپنے علم کی بدولت انہوں نے اتنا بلند مقام حاصل کیا اور اتنی دولت کمائی کہ لوگ ان پر رشک کرتے تھے۔ اصمعیؒ نے بچپن میں اپنی غریبی، علم حاصل کرنے کے شوق اور ترقی پانے کا حال خود بیان کیا ہے۔ آیئے یہ دلچسپ کہانی ان کی اپنی زبانی سنیئے:

"میں لڑکپن میں بصرہ شہر میں تعلیم پاتا تھا۔ اس زمانے میں غریبی کے سبب سے میں نہایت تنگ اور پریشان رہتا تھا۔ کھانے کو کبھی کچھ مل جاتا تھا اور کبھی فاقہ کرنا پڑتا تھا۔ لیکن پڑھنے لکھنے کا مجھے بڑا شوق تھا ہر روز صبح ہوتے ہی اپنے پھٹے پرانے کپڑے پہن کر سبق کے لیے گھر سے چل پڑتا تھا۔ میں

جس گلی میں رہتا تھا اس میں ایک سبزی بیچنے والے کی دکان تھی جب میں صبح کو اس کی دکان کے سامنے سے گزرتا تو وہ مجھ سے پوچھا کرتا کہ میاں تم صبح ہی صبح کہاں جاتے ہو؟ میں کہتا حدیث کے فلاں عالم سے سبق پڑھنے۔ پھر جب شام کو واپس آتا تو وہ پوچھتا، تم کہاں سے آئے ہو؟ میں کہتا، عربی زبان کے فلاں ادیب کے پاس سے آتا ہوں۔ میری باتیں سُن کر وہ ہنسا کرتا اور کہا کرتا تھا —— "میاں تم کیوں اپنی عُمر بے فائدہ ضائع کر رہے ہو اگر میری صلاح مانو تو کوئی ایسا ہُنر یا پیشہ سیکھ لو جس سے تمہیں روزی مل جائے۔ تمہارے یہی دن سیکھنے سکھانے کے ہیں۔ کتابوں میں تم خواہ مخواہ اپنا مغز کھپاتے ہو۔ اگر تم ان سب کو ایک بڑے کونڈے میں ڈالو اور اوپر سے ایک گھڑا پانی کا چھوڑ دو تو ان سے اتنا خمیر بھی نہیں اٹھ سکتا کہ تم ایک روٹی ہی پکا لو، میں خدا کی قسم کھا کر کہتا ہوں کہ اگر تم اپنی ساری کتابیں مجھے ایک روٹی کے بدلے میں دو تو میں کبھی ان کا لینا قبول نہیں کروں گا۔"

یہ اور اسی قسم کی اور باتیں وہ مجھ سے کہا کرتا تھا

اور میں اس کے روز روز کے طعنوں اور دل دُکھانے والی باتوں سے تنگ آگیا تھا۔ مجبور ہو کر میں نے یہ طریقہ اختیار کیا کہ ہر روز بہت سویرے اٹھتا اور اندھیرے ہی میں گھر سے نکل جاتا، اسی طرح رات کو بہت دیر سے گھر واپس آتا تاکہ اس سبزی فروش کے طعنے نہ سننے پڑیں۔ اس زمانے میں مجھے عِلم حاصل کرنے کا اس قدر شوق تھا کہ کوئی عِلم اور فن ایسا نہیں تھا جس کا سبق لینے کے لیے میں کسی استاد کے پاس نہ جاتا ہوں اور میری غریبی اور تنگ دستی کا یہ حال تھا کہ گھر کی اینٹیں اُکھاڑ اُکھاڑ کر بیچتا اور جو کچھ ملتا اسی پر گزر کرتا تھا۔ اپنے شوق اور محنت سے میں نے چند سالوں میں اتنا عِلم حاصل کر لیا کہ لوگ مجھ کو کچھ سمجھنے لگے یہاں تک کہ میرے اُستادوں یا عِلم کی قدر کرنے والے بعض لوگوں کے ذریعے شہر کے حاکم کو بھی میرے عِلم کا حال معلوم ہو گیا۔

ایک دن کھانے کو کچھ نہ تھا اور میں گھر کا دروازہ بند کر کے پریشان اور مغموم بیٹھا ہوا تھا کہ یکایک کسی نے دروازہ کھٹکھٹایا۔ میں نے اٹھ کر دروازہ کھولا تو دیکھا کہ ایک آدمی عمدہ لباس پہنے کھڑا ہے۔ میں نے

پوچھا، آپ کون ہیں اور کس غرض سے آئے ہیں؟
اس نے کہا، "میں بصرہ کے امیر محمد بن سلیمان کا خادم ہوں، انہوں نے مجھے آپ کو بلانے کے لیے بھیجا ہے۔"
میں نے کہا "میں نہ امیر سے واقف نہ وہ مجھ سے واقف اور پھر آپ میری حالت دیکھ رہے ہیں۔ ان پھٹے پرانے کپڑوں میں امیر کی خدمت میں کیسے حاضر ہو سکتا ہوں؟"
میری بات سن کر وہ واپس چلا گیا۔ تھوڑی ہی دیر گزری تھی کہ وہ دوبارہ آیا اور کپڑوں کے چند قیمتی جوڑے میرے سامنے لا رکھے جن پر ایک ہزار اشرفیوں کی تھیلی رکھی ہوئی تھی۔ پھر کہنے لگا "امیر نے فرمایا ہے کہ نہا دھو کر اور کپڑے بدل کر فوراً میرے پاس آؤ ہمیں ایک ضروری بات کہنی ہے اور ان اشرفیوں کو اپنی ضرورتوں پر خرچ کرو۔"
میں نے نہا دھو کر کپڑے تبدیل کیے اور امیر کے خادم کے ساتھ چل پڑا۔ جب میں امیر کے پاس پہنچا تو سلام کر کے اس کا شکریہ ادا کیا۔ امیر بہت مہربانی سے پیش آیا اور کہنے لگا:-

"امیرالمؤمنین ہارون الرشید کے بیٹے شہزادہ محمد امین کے لیے ایک اتالیق (استاد) کی ضرورت ہے۔ اس کام کے لیے میں نے تم کو چنا ہے اگر تم یہ خدمت کرنے کے لیے تیار ہو تو میں تم کو خلیفہ کے پاس بغداد بھیج دیتا ہوں۔"

میں نے کہا۔ "میں اس خدمت کو خوشی سے قبول کرتا ہوں۔"

امیر نے کہا۔ "تو پھر گھر جاکر سفر کی تیاری کرو اور ہر حال میں صبح تک تیار ہو کر میرے پاس پہنچ جاؤ۔"

میں نے کہا۔ "میں آج ہی تیاری کر کے صبح کو آپ کی خدمت میں حاضر ہو جاؤں گا۔" یہ کہہ کر میں اپنے گھر آ گیا۔

دوسرے دن صبح سویرے میں نے ضروری کتابیں ساتھ لیں اور اپنا گھر ایک رشتہ دار بوڑھی عورت کے سپرد کر کے امیر کی خدمت میں حاضر ہو گیا۔ امیر نے خلیفہ کے نام ایک خط میرے سپرد کیا اور پھر اپنا ایک آدمی میرے ساتھ کر دیا۔ وہ مجھے دریا کے کنارے پہنچانے تک آیا جہاں ایک عمدہ کشتی میرے لیے تیار کھڑی تھی۔ میں کشتی میں سوار ہو کر بغداد کی طرف روانہ

ہوا۔ وہاں پہنچ کر میں نے ایک دن آرام کیا۔ دوسرے دن عمدہ لباس پہن کر خلیفہ کے دربار میں حاضر ہوا اور سلام کر کے بصرہ کے امیر کا خط، جس میں اس نے میرا حال درج کیا تھا، خلیفہ کی خدمت میں پیش کیا۔ خلیفہ نے اس خط کو پڑھ کر میری طرف دیکھا اور پوچھا:

"عبدالملک بن قُریبُ الاصمعی تمہارا نام ہے؟"

میں نے کہا:——"جی ہاں حضور! اس خادم ہی کو عبدالملک بن قُریبُ الاصمعی کہتے ہیں۔"

خلیفہ نے کہا۔ "میں اپنے جگر کے ٹکڑے مُحمّد امین کو تعلیم کے لیے تمہارے سپرد کرنا چاہتا ہوں۔ تمہارا فرض ہے کہ خیر خواہی کا حق ادا کرو اور اس کو ہر مضمون کی تعلیم دو لیکن کوئی ایسی بات نہ سکھانا جس سے اس کے دین اور عقیدے میں کسی قسم کی خرابی پیدا ہو کیونکہ شاید ایک دن وہ مسلمانوں کا خلیفہ بنے اور اور اس کے نام کے ساتھ امیرالمؤمنین لکھا جائے۔"

میں نے کہا:——"امیرالمؤمنین! میں حضور کے حُکم کو دل و جان سے بجا لاؤں گا۔"

تھوڑی ہی دیر گزری تھی کہ شہزادہ مُحمّد امین بھی دربار میں آگیا۔ خلیفہ نے اس کو میرے سامنے کر کے فرمایا:

"یہ تمہارے استاد ہیں۔"

اس وقت دربار میں موجود امیروں نے شہزادے کے سر پر ہزاروں اشرفیاں نچھاور کیں۔ یہ سب مجھے دے دی گئیں۔ اب خلیفہ نے حکم دیا کہ شہزادہ محمد امین اور اس کے استاد کے لیے ایک عالی شان محل خالی کر دیا جائے جس میں ہر قسم کا سامان رکھا جائے اور بہت سے ملازم میری خدمت کے لیے مقرر کیے جائیں۔ پھر خلیفہ نے مجھ سے مخاطب ہو کر فرمایا:

"میں دو ہزار اشرفیاں ماہوار تمہاری تنخواہ مقرر کرتا ہوں اور تمہارے لیے کھانا ہر روز شاہی باورچی خانے میں خاص میرے لیے تیار کیے ہوئے کھانے میں سے پہنچا کرے گا۔"

میں نے خلیفہ کا شکریہ ادا کیا اور پھر اس کو دعائیں دیتا ہوا دربار سے نکل آیا۔

شہزادہ محمد امین کے اتالیق ہونے کی وجہ سے خلیفہ میری بہت عزت کرتا تھا۔ اگر میں کسی کی سفارش کرتا تو وہ ہمیشہ اس کو منظور کر لیا کرتا تھا۔ لوگ مجھ کو اکثر قیمتی تحفے بھیجتے رہتے تھے۔ تنخواہ سے اور اس طریقے سے جو روپیہ مجھے وصول ہوتا تھا میں اس کو بصرہ بھیج

دیتا تھا جہاں میرے دوست میرے لیے کوئی نہ کوئی جائداد خرید لیتے تھے۔ اس کے علاوہ بصرہ میں ایک شاندار مکان بھی میں نے اپنے لیے تیار کرا لیا۔

میں کئی سال تک شہزادہ محمدؔ امین کو بڑی محنت سے تعلیم دیتا رہا یہاں تک کہ وہ سارے مضمونوں میں طاق ہو گیا۔ اب میں نے ایک دن اس کو خلیفہ کے سامنے پیش کیا۔ اس نے ہر علم اور فن میں بیٹے کا امتحان لیا اور اس سے طرح طرح کے سوال کیے۔ شہزادے نے ہر سوال کا تسلی بخش جواب دیا، اس پر خلیفہ بہت خوش ہوا اور مجھ سے فرمایا کہ تم نے محمدؔ امین کو نہایت عمدہ تعلیم دی ہے اب تم اس کو چند خطبے یاد کرا دو۔ میں نے چند عمدہ خطبے شہزادے کو یاد کرا دیئے۔ جب جمعہ کا دن آیا تو شہزادے نے جامع مسجد میں خلیفہ کے سامنے بڑے اچھے طریقے سے خطبہ پڑھا اور نمازِ جمعہ کی امامت کی۔ تمام وزیروں اور امیروں نے خلیفہ کو مبارکباد دی اور پھر مجھے بے شمار تحفے دیئے اور ہزاروں اشرفیاں انعام میں دیں۔ اس طرح میرے پاس ایک بڑا خزانہ جمع ہو گیا ——— اس کے بعد خلیفہ نے مجھ سے مخاطب ہو کر فرمایا:

"تم نے اپنا فرض بڑی خوبی سے ادا کیا۔اب تمہارا حق ہے کہ جو چاہتے ہو مجھ سے مانگو، اس وقت جو مانگو گے تمہیں مل جائے گا۔"

میں نے عرض کیا:—— "امیرالمومنین کے اقبال سے میری سب خواہشیں پوری ہوگئیں۔اب صرف یہ خواہش ہے کہ حضور مجھے چند دن کے لیے بصرہ جانے کی اجازت دیں اور امیر بصرہ کو یہ حکم بھیجیں کہ بصرہ کے تمام لوگ میرا استقبال کریں۔"

خلیفہ نے اسی وقت امیرِ بصرہ کے نام اس قسم کا فرمان لکھوا کر بھیج دیا اور مجھے بصرہ جانے کی اجازت دے دی۔جب میں بغداد سے چلنے لگا تو اشرفیوں کے بہت سے توڑے مجھے انعام کے طور پر دیئے اور بہت سے اعلیٰ قسم کے گھوڑے، ملازم اور قیمتی کپڑے بھی عطا کیے۔میں خلیفہ کو دعائیں دیتا ہوا بصرہ کی طرف روانہ ہوگیا۔

جب میں بصرہ پہنچا تو سارا شہر میرے استقبال کے لیے موجود تھا، ان میں بصرہ کا امیر بھی تھا۔میرا پرانا مکان اب ایک شاندار محل کی صورت اختیار کرگیا تھا۔ جب میں اس کے دروازے پر پہنچا تو میری نظر اُس

سبزی فروش پر پڑی جو مجھے ہر روز طعنے دیا کرتا تھا وہ میری شان و شوکت کو دیکھ کر حیران ہو رہا تھا۔ میں نے اس سے پوچھا، کہو بھائی کیا حال ہے؟ اس نے بھی شرماتے شرماتے میرا حال پوچھا، میں نے کہا، تمہارے کہنے کے مطابق میں نے اپنی سب کتابوں کو ایک کونڈے میں ڈال کر اوپر سے پانی کی مشکیں ڈالنی شروع کیں ان سے جو خمیر اٹھا اس کو تم اب دیکھ رہے ہو اور یہ اسی خمیر کا باعث ہے کہ اتنی روٹیاں پک کر تیار ہو گئیں۔

سبزی فروش نے مجھ سے معافی چاہی اور کہا کہ میری وہ باتیں کم عقلی کی وجہ سے تھیں، اب معلوم ہو گیا کہ علم کا پھل دیر میں لگتا ہے لیکن لگتا ضرور ہے اور اس کے بڑے فائدے ہوتے ہیں۔

میں نے اس سبزی فروش سے مہربانی کا سلوک کیا اور چند دن کے بعد اپنی جائداد کا انتظام اس کے سپرد کر دیا۔"

شہزادوں کا امتحان

امینُ الرَّشید اور مامونُ الرَّشید دونوں خلیفہ ہارونُ الرَّشید کے بیٹے تھے لیکن دونوں کی مائیں الگ الگ تھیں۔ خلیفہ دونوں بیٹوں سے بہت پیار کرتا تھا لیکن مامونُ الرَّشید سے اسے کچھ زیادہ ہی پیار تھا۔ ایک دن امین الرَّشید کی والدہ ملکہ زبیدہ نے ہارونُ الرَّشید سے شکایت کی کہ آپ مامون الرَّشید سے زیادہ پیار کرتے ہیں اور میرے بیٹے امین الرَّشید کو نہیں چاہتے۔ ہارونُ الرَّشید نے کہا:

"میں دونوں بیٹوں سے پیار کرتا ہوں البتہ میں نے آزما کر دیکھا ہے کہ مامون میں لیاقت اور تمیز زیادہ ہے اس لیے اُس کی لیاقت اور تمیز کی قدر کرتا ہوں۔"

پھر اُس نے اُسی وقت اپنے دو خادموں کو بلا کر ایک کو امین کے پاس اور ایک کو مامون کے پاس یہ حکم دے کر بھیجا کہ اُن سے پوچھو، جب آپ کو خلافت ملے گی تو آپ کیا کریں گے۔ جو خادم امین کے پاس گیا اس نے موقع پا کر جب امین سے یہ بات پوچھی تو اس نے کہا ــــــ "میں تمہیں بہت سا

انعام دوں گا اور اپنے دربار میں ایک اچھے عہدے پر مقرر کر دوں گا۔"

دوسرے خادم نے جب مامون سے یہ بات پوچھی تو اس کا منہ غُصّے سے سُرخ ہو گیا۔ سیاہی کی ایک دوات جو اس کے قریب پڑی تھی اس نے خادم کے منہ پر دے ماری اور گرج کر کہا:

"او بدبخت تو کہتا ہے جب امیرالمؤمنین انتقال فرمائیں گے تو میں کیا کروں گا، بدبخت میں تو یہ چاہتا ہوں کہ امیرالمومنین پر اپنی جان قربان کر دوں۔ ان کے بغیر زندگی کس کام کی؟"

دونوں خادموں نے واپس آکر خلیفہ اور ملکہ کو شہزادوں کا جواب سنایا تو ہارُونَ الرَّشید نے ملکہ زبیدہ سے کہا:

"کہو اب کیا کہتی ہو؟"

ملکہ زبیدہ شرمندہ ہو کر خاموش ہو گئی۔

حاضر جواب مجرم

ایک دفعہ خلیفہ ہارُونُ الرَّشید اپنے ایک درباری امیر حمید طُوسی سے سخت ناراض ہو گیا اور اس کے قتل کا حُکم دے دیا۔

خلیفہ کا حُکم سُن کر حمید طُوسی رونے لگا۔

ہارُونَ الرَّشِید نے پوچھا:

"رو تا کیوں ہے، کیا موت سے ڈر گیا؟"

حمید طوسی نے جواب دیا:

"اے امیرالمؤمنین! خدا کی قسم میں موت سے نہیں ڈرتا۔ جو اس دُنیا میں آیا ہے اس کو ایک نہ ایک دن مَوت کا مزہ ضرور چکھنا ہے۔ رونا مجھے اس بات پر آیا ہے کہ میں جس وقت دُنیا سے جا رہا ہوں، امیراُلمؤمنین مجھ سے ناراض ہیں۔"

ہارُونُ الرَّشِید نے حمید طوسی کا جواب سنا تو اس کا غُصّہ جاتا رہا اور اُس نے کہا:

"جاؤ میں نے تمہیں معاف کیا۔"

بچو! اس کہانی سے ہمیں یہ سبق ملتا ہے کہ خواہ کیسی ہی مصیبت آ پڑے انسان کو اپنے ہوش و حواس قابو میں رکھنے چاہئیں اور اس مصیبت کو دور کرنے کی کوئی تدبیر کرنی چاہیئے۔ اگر مصیبت میں آدمی کے اوسان خطا ہو جائیں تو اس کا نتیجہ اچھا نہیں نکلتا۔

حضرت انس رضی اللہ تعالیٰ عنہ سے روایت ہے

کہ

رسول اللہ صلی اللہ علیہ وسلم نے فرمایا

کہ

تم سے کوئی شخص مومن نہیں ہو سکتا جب تک کہ وہ اپنے بھائی کے لیے وہی چیز پسند نہ کرے جو اپنے لیے پسند کرتا ہے۔

(صحیح بخاری)

ہارُونُ الرَّشید اور بہلول داناؒ

خلیفہ ہارُونُ الرَّشید کے زمانے میں حضرت بہلولؒ ایک مشہور بزرگ گزرے ہیں۔ وہ بڑے پرہیز گار اور عقلمند آدمی تھے۔ لوگوں کو ہمیشہ اچھی اچھی نصیحتیں کرتے رہتے تھے اس لیے لوگ ان کو بہلول دانا کہتے تھے۔ وہ عام طور پر شہر کوفہ میں رہتے تھے۔ ایک دفعہ خلیفہ ہارون الرشید حج کے ارادہ سے بغداد سے مکّہ معظمہ کی طرف روانہ ہُوا۔ اس کے ساتھ ہزاروں سپاہی اور خدمت گار تھے۔ جدھر سے گزرتا شور مچ جاتا کہ خلیفہ کی سواری آرہی ہے۔ جب اس کی سواری کُوفہ کے قریب پہنچی تو حضرت بہلولؒ شہر سے باہر راستے کے قریب ایک جگہ بیٹھے تھے۔ انھوں نے بیٹھے بیٹھے ہی آواز دی ـــــ "ہارون، ہارون"

خلیفہ کا چہرہ غصّے سے لال ہوگیا اور اس نے پوچھا:

"یہ کون گستاخ ہے جو اس طرح میرا نام لے کر پکار رہا ہے۔"

لوگوں نے کہا "یہ بہلول دانا ہیں۔"

خلیفہ نے ان کا نام سُن رکھا تھا۔ اس نے اونٹ پر بیٹھے بیٹھے ہی کہا:

"فرمایئے آپ مجھ سے کہنا کیا چاہتے ہیں؟"

بہلول نے کہا:

"اے مسلمانوں کے خلیفہ کیا تم نے حدیث میں نہیں پڑھا کہ رسولُ اللہ صَلَّی اللہُ عَلَیہِ وَسَلَّم حج کے لیے تشریف لے گئے تو نہ آپ کے ساتھ لاؤ لشکر تھا، نہ ہٹو بچو کی آوازیں اور نہ کسی قسم کی شان و شوکت، تمہیں بھی یہ سفر سادگی سے کرنا چاہیئے تھا اور شان و شوکت دکھانے سے بچنا چاہیئے تھا۔"

یہ سُن کر ہارونُ الرَّشید کی آنکھوں سے آنسو جاری ہو گئے اور اس نے حضرت بہلولؒ سے کہا:

"آپ نے بڑی اچھی نصیحت کی کچھ اور فرمائیے۔"

حضرت بہلولؒ نے فرمایا:

"جس کو اللہ تعالیٰ حاکم بنائے اور مال عطا کرے اس کو چاہیے کہ اپنی حکومت کو انصاف سے مضبوط بنائے اور اپنا مال اللہ کی راہ میں دل کھول کر خرچ کرے۔"

ہارونُ الرَّشید نے کہا: "اللہ آپ کو نیک بدلہ دے۔ آپ نے بڑی اچھی باتیں کہیں۔"

پھر اس نے حکم دیا کہ حضرت بہلولؒ کو ایک بہت بڑی رقم اسی وقت انعام کے طور پر دی جائے۔

حضرت بہلولؒ نے خلیفہ کا حکم سُنا تو انہوں نے یہ رقم لینے سے صاف انکار کر دیا اور خلیفہ سے مخاطب ہو کر کہا:

"یہ رقم اُن لوگوں کو دو جن سے تم نے وصول کی ہے۔"

یہ سُن کر خلیفہ خاموش ہو گیا۔ تھوڑی دیر کے بعد اس نے کہا: "اے بہلول آج سے آپ کا کھانا میرے ذمہ رہا آپ جہاں بھی ہوں گے آپ کو دونوں وقت پہنچ جائے گا۔ آئندہ آپ اپنی روزی کی فکر نہ کریں۔"

حضرت بہلولؒ نے فرمایا:

"نہیں اے ہارُونُ الرّشید نہیں ہمیں اور تم دونوں اللہ کا کُنبہ ہیں یہ کبھی نہیں ہو سکتا کہ وہ تمہیں یاد رکھے اور مجھے بھول جائے۔ جس کو اللہ نے پیدا کیا ہے اُس کی روزی کا ذِمّہ بھی لیا ہے۔"

ہارُونُ الرّشید یہ سن کر چپ رہ گیا اور حضرت بہلولؒ کو سلام کر کے آگے روانہ ہو گیا۔

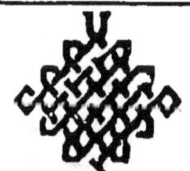

جھوٹا نجومی

خلیفہ ہارُون الرَّشید کے زمانے میں ایک یہودی نے دعویٰ کیا کہ وہ نجُوم (ستاروں) کا عِلم جانتا ہے اور اس کی مدد سے آئندہ پیش آنے والے واقعات کی خبر دے سکتا ہے۔ ایک دفعہ اس یہودی نجومی نے پیشین گوئی کی کہ خلیفہ ہارُون الرَّشید ایک سال کے بعد انتقال کر جائے گا۔ یہ پیشین گوئی سُن کر خلیفہ بڑا فکرمند ہو گیا اور اس کا کھانا پینا چھوٹ گیا یہاں تک کہ وہ سُوکھ کر کانٹا بن گیا۔ خلیفہ کا وزیرِ اعظم یحییٰ برمکی بڑا عقلمند آدمی تھا اس نے خلیفہ سے بہتیرا کہا کہ ان نجومیوں کی باتیں صحیح نہیں ہوتیں لیکن خلیفہ کے دل سے وہم دُور نہ ہوا۔ آخر ایک دن یحییٰ برمکی نے اس یہودی نجومی کو خلیفہ کے سامنے حاضر ہونے کا حُکم دیا۔ جب وہ حاضر ہُوا تو یحییٰ نے اس سے پوچھا:

"تمہارے عِلم کے مطابق تم کب تک زندہ رہو گے؟"

اس نے جواب دیا:

"میرا عِلم نجُوم تو کہتا ہے کہ میں بہت لمبی عمُر

پاؤں گا۔"

یحییٰ نے خلیفہ سے کہا:۔

"امیر المؤمنین اگر آپ اجازت دیں تو میں اس نجومی کا سر ابھی اڑا دوں۔"

خلیفہ نے کہا "تمہیں اجازت ہے جو چاہو کرو۔"

یحییٰ نے اسی وقت نجومی کو قتل کر دیا۔ پھر خلیفہ سے مخاطب ہو کر کہا:

"امیر المؤمنین آپ نے دیکھا کہ یہ شخص کہتا تھا کہ میری عمر بہت لمبی ہو گی لیکن اس کو یہاں سے گھر جانا بھی نصیب نہیں ہوا۔ آپ کے بارے میں بھی اس کی پیشین گوئی بالکل جھوٹی ہے۔"

اب خلیفہ کو یقین آ گیا کہ نجومی جھوٹا تھا۔ اس نے آئندہ نجومیوں کی باتوں پر یقین کرنا چھوڑ دیا۔

سلطنت کی قیمت

خلیفہ ہارون الرشید کے زمانے میں ابنِ سماک رحمۃ اللہ علیہ مشہور عالِم گزرے ہیں۔ انہیں جب بھی موقع ملتا خلیفہ کو اچھی اچھی نصیحتیں کرتے رہتے تھے۔ ایک دن وہ خلیفہ کے پاس بیٹھے تھے کہ اُس کو پیاس لگی۔ اُس نے ایک خادم سے پانی طلب کیا وہ فوراً پانی کا گلاس لے کر حاضر ہوا۔ خلیفہ پانی پینے لگا تو ابنِ سماکؒ نے کہا:

"امیرالمومنین! ذرا ٹھہر جائیے اور یہ فرمائیے کہ اگر آپ کو سخت پیاس لگی ہوئی ہو اور کوئی زبردست طاقت آپ کو نہ یہ پانی پینے دے اور نہ کہیں اور سے پانی لینے دے تو آپ پانی کے چند گھونٹوں کے بدلے میں کیا دیں گے؟"

خلیفہ نے کہا: "پیاس سے میری جان نکل رہی ہو اور پانی کے چند گھونٹوں کے بدلے میں مجھے آدھی سلطنت بھی دینی پڑے تو دے دوں گا۔"

ابنِ سماکؒ نے فرمایا: "اب آپ پانی پی لیں اللہ آپ کو

مُبارک کرے۔"

خلیفہ جب پانی پی چکا تو ابنِ سماکؒ نے پوچھا:

"امیر المؤمنین! اب فرمائیے کہ یہ پانی جو آپ نے پیا ہے اگر کوئی زبردست طاقت اس کے باہر نکلنے کا راستہ بند کر دے تو اس کو جسم سے نکالنے کے لیے آپ کیا خرچ کریں گے؟"

خلیفہ نے جواب دیا: "اگر مجھے اپنی ساری سلطنت بھی دینی پڑے تو دے دوں گا۔"

ابنِ سماکؒ نے فرمایا:

"امیر المؤمنین جس سلطنت کی قیمت پانی کے چند گھونٹوں کے برابر بھی نہیں کیا وہ اس قابل ہے کہ اس کی خاطر انسان اپنے بھائیوں سے لڑے اور ان کا خون بہائے؟"

خلیفہ یہ سن کر رونے لگا۔

شریف کون اور رذیل کون؟

عبّاسی خاندان کا ساتواں خلیفہ مامونُ الرّشید ۱۹۸ھ ہجری میں تختِ حکُومت پر بیٹھا تو اس کو اپنی حکومت کے پہلے چند سالوں میں کئی بغاوتوں کا سامنا کرنا پڑا۔ مامون نے تمام باغیوں کا بڑی بہادری سے مقابلہ کیا اور ایک ایک کرکے سب بغاوتوں پر قابو پالیا۔ باغیوں میں اس کا چچا ابراہیم بن مہدی بھی تھا۔ وہ خود خلیفہ بن بیٹھا اور تقریباً دو سال تک بغداد اور مُلک کے کچھ اور حِصّوں پر حکومت کرتا رہا۔ ۲۰۳ھ میں مامون نے اس کو شکست دی تو وہ اپنی جان بچانے کے لیے بھیس بدل کر کہیں چھُپ گیا۔ مامون کے آدمیوں نے اس کو بہت تلاش کیا لیکن وہ کسی کے ہاتھ نہ آیا۔ اسی طرح کئی سال گزر گئے آخر مامون نے اعلان کیا کہ جو شخص ابراہیم کو پکڑ کر لائے گا، اس کو ایک لاکھ درہم کا انعام دیا جائے گا۔ یہ خبر سارے مُلک میں بجلی کی طرح پھیل گئی اور ایک لاکھ درہم کے لالچ میں ہر شخص ابراہیم کے خون کا پیاسا نظر آنے لگا۔ اس کے بعد کیا ہوا؟ اس کا حال خود ابراہیم بن مہدی نے اِس طرح

بیان کیا ہے :۔

"جس وقت مجھے مامون کے اعلان کی خبر ہوئی میری نظروں کے سامنے اندھیرا چھا گیا۔ خدا کی زمین مجھے تنگ نظر آنے لگی کچھ سمجھ میں نہیں آتا تھا کہ جان کیسے بچاؤں اور کہاں جاؤں۔ آخر سوچ کر جس مکان میں چھپا ہوا تھا، نا امیدی کی حالت میں وہاں سے نکلا۔ دوپہر کا وقت تھا سخت گرمی پڑ رہی تھی۔ میں منہ سر پر کپڑا ڈالے لوگوں کی نظروں سے بچتا بچاتا ایک ایسی گلی میں جا نکلا جو آگے چل کر بند تھی۔ اب نہ آگے بڑھ سکتا تھا نہ واپس جا سکتا تھا۔ حیران تھا کدھر جاؤں۔ اتنے میں ایک مکان نظر آیا جس کے دروازے پر ایک حبشی غلام کھڑا تھا۔ میں نے آگے بڑھ کر اس سے بڑی عاجزی سے پوچھا، کیا تھوڑی دیر کے لیے تم مجھے اپنے مکان میں ٹھہرنے کی اجازت دے سکتے ہو؟

اس نے کہا "ہاں ہاں آپ تشریف لایئے۔"

پھر اس حبشی نے دروازہ کھولا اور مجھے مکان کے اندر لے جا کر ایک کمرے میں بٹھا دیا، اس میں اعلیٰ قسم کا قالین بچھا ہوا تھا جس پر قیمتی گاؤ تکیے لگے ہوئے تھے۔ مجھے بٹھا کر وہ دروازہ بند کر کے باہر چلا گیا۔

اس کے جانے کے بعد میرے دل میں خیال پیدا ہوا کہ شاید

یہ شخص حکومت کے آدمیوں کو اطلاع دینے گیا ہے کہ وہ آکر مجھے گرفتار کرلیں۔ یہ خیال آتے ہی میری امید ناامیدی میں بدل گئی اور میرا یہ حال ہُوا جیسے دہکتے انگاروں پر لَوٹ رہا ہوں۔ اتنے میں دروازہ کھُلا اور وہ حبشی غلام ایک مزدور کے ساتھ مکان میں داخل ہوا۔ مزدور کے سر پر کھانے پینے کا بہت سا سامان تھا۔ روٹیاں، کچا گوشت، ایک نئی دیگچی، ایک نئی صراحی اور دو کورے پیالے۔ اس نے مزدور سے یہ سامان لے کر اس کو رخصت کر دیا۔ پھر تمام چیزیں میرے سامنے رکھ کر بڑے ادب سے کہنے لگا، جناب میں حبشی غلام ہوں، میرے مالک نے مجھ پر احسان کیا اور آزاد کر دیا ہے مگر میں اس لائق نہیں کہ اپنے ہاتھ کا پکایا ہوا کھانا آپ کی خدمت میں پیش کروں اس لیے بازار سے سب نئی چیزیں خرید کر لایا ہوں حضور جس طرح مناسب سمجھیں کام میں لائیں۔ پھر وہ سب سامان میرے پاس چھوڑ کر چلا گیا۔

مجھے اُس وقت بہت بھُوک لگی ہوئی تھی، جلد جلد اپنے ہاتھ سے سالن پکایا اور خوب پیٹ بھر کر کھانا کھایا۔ اس کے بعد حبشی نے مجھے سُرور دینے والا نہایت عمدہ شربت پلایا۔ پھر وہ ایک بند کوٹھڑی سے ایک سِتار نکال لایا اور کہا، جناب میری تو یہ جرأت نہیں کہ آپ سے گانے کی درخواست کروں ہاں اگر آپ خود پسند فرمائیں تو مہربانی ہو گی۔

میں نے اس سے کہا۔ "تم کو یہ کیونکر معلوم ہوا کہ میں گانا جانتا ہوں۔"

اس نے کہا "سبحان اللہ! یہ آپ نے خوب فرمایا، بھلا حضور کو اس شہر میں کون نہیں جانتا۔ آپ ہمارے آقا ابراہیم بن مہدی ہیں جن کے لیے مامون الرشید نے اعلان کیا ہے کہ جو آپ کو پکڑ کر لائے گا ایک لاکھ درہم انعام پائے گا لیکن حضور میری طرف سے بالکل مطمئن رہیں مجھ سے کبھی ایسی نمک حرامی نہیں ہو سکتی۔"

میں اس حبشی غلام کا حوصلہ اور شرافت دیکھ کر حیران رہ گیا۔ میں نے اس کے ہاتھ سے ستار لے کر کچھ دردناک اشعار گائے جن کو سن کر وہ جھومنے لگا۔ پھر وہ مجھ سے اجازت لے کر خود ایسے درد سے گانے لگا کہ میں سارے خطرے بھول گیا اور غافل ہو کر سو گیا، جاگا تو شام ہو چکی تھی۔ میرے پاس اشرفیوں سے بھری ہوئی ایک تھیلی تھی میں نے اس شریف حبشی کے سامنے رکھ دی اور اس سے کہا، تمہاری مہربانی ہو گی اگر یہ معمولی رقم قبول کر لو اور اپنے خرچ میں لاؤ، شرمندہ ہوں کہ اس وقت تمہاری کوئی اور خدمت نہیں کر سکتا۔ تمہارا احسان اور شریفانہ برتاؤ ہمیشہ یاد رہے گا۔ میں جس مصیبت میں مبتلا ہوں اگر خدا نے مجھے اس سے نکال لیا تو بہت

کچھ صلہ دوں گا۔

میری باتیں سن کر حبشی غلام کو بہت دکھ ہوا۔ اس نے تھیلی کو ہاتھ تک نہ لگایا اور دکھ بھری آواز میں کہا:
"حضور افسوس کہ غریب آدمی آپ جیسے عزت والے سرداروں کی نظر میں بہت گھٹیا مخلوق ہے۔ جناب آپ کے یہاں تشریف لانے سے مجھے جو عزت ملی کیا میں اسے اشرفیوں کے بدلے میں بیچ دوں؟ خدا کی قسم اگر آپ یہ تھیلی واپس نہ لیں گے تو میں اپنے ہاتھوں اپنی زندگی ختم کر لوں گا۔"

میں نے مجبوراً تھیلی واپس لے لی اور اس سے کہا کہ اب مجھے یہاں سے جانے کی اجازت دو۔ لیکن اس نے بڑی عاجزی سے کہا "میرے آقا کچھ دن یہاں اور ٹھہر جائیں تاکہ لوگ خلیفہ کے اعلان کو بھول جائیں۔ میں دل و جان سے کوشش کروں گا کہ آپ یہاں امن اور آرام سے رہیں۔"

میں کچھ دن اور اس کے مکان پر ٹھہرا اس عرصے میں حبشی غلام نے میری حد سے زیادہ خدمت کی پھر اس خیال سے کہ اس شریف آدمی کو میری وجہ سے بہت۔ زیادہ خرچ کرنا پڑ رہا ہے، ایک دن بھیس بدل کر چپکے سے اس کے گھر سے نکل کھڑا ہوا۔ آٹھ دن تک ادھر ادھر بھٹکتا رہا ایک دن، دریائے دجلہ کے پل کو عبور کرنا چاہتا تھا کہ گھوڑے پر

سوار ایک فوجی افسر نے مجھے دیکھ لیا۔ یہ افسر میری ملازمت میں رہ چکا تھا اور مجھے اچھی طرح پہچانتا تھا۔ دیکھتے ہی چلایا یہ رہا مامون الرشید کا اشتہاری مجرم، دیکھنا جانے نہ پائے۔"
پھر وہ گھوڑے سے اتر کر مجھ سے لپٹ گیا۔ میں نے اس کو اس زور سے دھکا دیا کہ وہ ایک گڑھے میں جا گرا اور زخمی ہو گیا۔ شور سن کر بہت سے لوگ جمع ہو گئے اور ایک دوسرے سے پوچھنے لگے کیا ہوا؟ پھر وہ اس فوجی افسر کو گڑھے سے نکالنے لگے۔ میں ان کی نظر بچا کر جھٹ پل کو عبور کر کے ایک راستے پر ہو لیا۔ ایک جگہ دیکھا کہ ایک مکان کا دروازہ کھلا ہوا ہے اور ایک عورت دروازے میں کھڑی ہے۔ میں نے عاجزی کے ساتھ اس سے کہا:

"اے میری معزز بہن، میری جان اس وقت سخت خطرے میں ہے مجھ پر رحم کیجئے اور مجھے پناہ دیجئے۔"
اس نیک دل خاتون نے کہا "آپ بڑی خوشی سے میرے مکان میں ٹھہر سکتے ہیں۔"

میں اندر داخل ہوا آگے آگے وہ خاتون تھی اس نے مجھے ایک بالا خانے پر پہنچا کر میرے لیے بستر بچھا دیا اور کھانا لائی پھر مجھ سے کہا، آپ نے مجھے بہن کہا ہے اس لیے اپنے دل سے ہر قسم کا خوف نکال دیجئے یہاں کسی کو آپ کا پتہ

نہیں چل سکتا۔

اتنے میں دروازہ کھٹکھٹانے کی آواز آئی۔ جیسے کوئی گھبرا کر جلدی جلدی کھٹکھٹا رہا ہو۔ اس خاتون نے جاکر دروازہ کھولا۔ میں نے کھڑکی سے جھانک کر دیکھا تو وہی فوجی افسر تھا جسے میں نے دھکا دے کر گڑھے میں گرا دیا تھا۔ اس کے سر پر پٹی بندھی ہوئی تھی اور کپڑوں پر خون لگا ہوا تھا۔ یہ دیکھ کر میرا خون خشک ہو گیا کہ اب میری جان بچنا بہت مشکل ہے۔

خاتون نے اپنے شوہر سے پوچھا، یہ آپ کو کیا ہوا؟

اُس نے کہا، آج ایک بڑا شکار ہاتھ آیا تھا مگر افسوس مَیں اسے پکڑنے میں کامیاب نہ ہو سکا۔

پھر اس نے سارا قِصّہ سنایا۔ خاتون نے جھٹ ریشم کا ایک کپڑا نکال کر اُسے جلایا اور اس کی راکھ زخم میں بھری۔ پھر زخم پر پٹی باندھی، خون سے بھرے ہُوئے کپڑے بدلوائے اور فوراً ایک نرم بستر بچھا دیا کہ شوہر آرام سے سو رہے۔

جب وہ سو گیا تو وہ میرے پاس آئی اور کہنے لگی، معلوم ہوتا ہے آپ وہی شخص ہیں جن کو پکڑنے کی کوشش میں میرا خاوند زخمی ہو گیا۔

مَیں نے کہا، "ہاں بہن وہ بدنصیب مَیں ہی ہوں۔"

اس نے کہا، آپ ڈریں نہیں جب تک میرا شوہر زخمی حالت میں پڑا ہے آپ میری حفاظت میں ہیں کیونکہ میں نے آپ کو پناہ دی ہے۔ آپ میرے مہمان ہیں۔

اس کے بعد میں تین دن تک اس شریف خاتون کا مہمان رہا۔ اس نے میری بڑی خاطر تواضع کی۔ تیسرے دن شام کو اس نے مجھ سے آکر کہا کہ اب میرے شوہر کو صحت ہو گئی ہے مجھے ڈر ہے کہ وہ آپ کو کہیں دیکھ نہ لے اب آپ اپنی جان بچانے کی کوئی اور تدبیر کریں۔ میں نے اس کا شکریہ ادا کیا اور اندھیرا ہونے تک بالاخانے پر ہی ٹھہرا رہا۔ جب کچھ رات گزر گئی تو اس خاتون نے مجھے عورتوں کا لباس پہنا کر اپنے گھر سے رخصت کر دیا۔ اب میں حیران تھا کہ کدھر جاؤں۔ سوچتے سوچتے مجھے اپنی ایک خادمہ کا خیال آیا جس کے ساتھ میں نے اپنی حکومت کے زمانے میں بہت کچھ احسان اور سلوک کیے تھے اور وہ بھی مجھے اپنی وفاداری کا یقین دلاتے دلاتے نہیں تھکتی تھی۔ مجھے یقین تھا کہ اگر میں اس کے گھر تک صحیح سلامت پہنچ گیا تو وہ ضرور مجھے پناہ دے گی۔ یہ خیال آتے ہی میں سیدھا اس کے گھر پہنچا۔ وہ مجھے دیکھتے ہی زار زار رونے لگی اور کہنے لگی کہ آپ کو اس مصیبت میں مبتلا دیکھ کر مجھ کو سخت دکھ ہوا ہے، اب آپ کوئی فکر نہ کریں اور میرے

پاس آرام سے رہیں۔ پھر وہ مجھے اپنے مکان میں بٹھا کر باہر نکلی، میں سمجھا کہ وہ میرے لیے کھانا لینے بازار جا رہی ہے لیکن تھوڑی ہی دیر بعد معلوم ہوا کہ وہ حکومت کے آدمیوں کو میرا پتہ بتانے گئی تھی کیونکہ جب وہ واپس آئی تو اس کے ساتھ بہت سے سپاہی تھے۔ اس عورت نے آگے بڑھ کر مجھے ان سپاہیوں کے حوالے کر دیا۔ یہ سپاہی پکڑ کر مجھے خلیفہ مامون الرشید کے حضور لے گئے۔ اس وقت وہ دربار میں بیٹھا تھا میں نے ادب سے جھک کر اس کو سلام کیا۔—— "اَلسَّلَامُ عَلَیْکَ یا امیرالمؤمنین۔"

خلیفہ نے اس کے جواب میں غصّے سے کہا، خدا تجھے زندہ اور سلامت نہ رکھے۔

میں نے کہا، امیرالمؤمنین بدلہ لینے میں جلدی نہ فرمائیں اس میں کوئی شک نہیں کہ میں سخت سے سخت سزا کے لائق ہوں اور آپ کو سزا دینے کا پورا اختیار ہے لیکن معاف کر دینا پرہیزگاری کی بات ہے جو اللہ کو بہت پسند ہے اگر آپ سزا دیں تو آپ اس کا حق رکھتے ہیں اور اگر بخش دیں تو آپ کا احسان ہے۔ پھر میں نے تین شعر بڑے درد کے ساتھ پڑھے جن کا مطلب یہ تھا:

"میں نے آپ کا بہت بڑا قصور کیا ہے لیکن آپ

میں نے فوراً اپنے چہرے سے نقاب اُلٹ دی اور بلند آواز میں کہا "اللہ اکبر۔ خدا کی قسم امیرالمؤمنین نے مجھے بخش دیا۔"

اس پر مامون سجدے میں گر پڑا اور دیر تک سجدے میں پڑا رہا پھر سر اٹھا کر مجھ سے پوچھا، چچا جان! آپ جانتے ہیں کہ میں نے سجدہ کیوں کیا؟

میں نے کہا، شاید اس بات پر کہ خدا نے آپ کو دشمن پر قابو دیا

مامون نے کہا: "نہیں بلکہ اس بات پر کہ خدا نے مجھے معاف کرنے کی توفیق دی۔ اچھا اب یہ بتایئے کہ اس عرصے میں آپ پر کیا گزری۔"

میں نے اپنی مصیبتوں کا سارا حال شروع سے اخیر تک بیان کیا۔ مامون نے یہ سن کر حبشی غلام فوجی افسر اس کی بیوی اور مجھے پکڑوانے والی خادمہ کو طلب کیا۔ جب وہ حاضر ہو گئے تو اس نے غلام کی شرافت کی بہت تعریف کی اور اس کا ایک ہزار دینار سالانہ وظیفہ مقرر کر دیا۔ اس کے علاوہ بھی اس کو بہت کچھ انعام دیا۔ فوجی افسر کو اس کے عہدے سے ہٹا دیا کہ اس نے اپنے پرانے آقا کا لحاظ نہ کیا البتہ اس کی بیوی کو بہت بھاری انعام دیا۔ خادمہ کو بہت ملامت کی کہ تو نے اپنے آقا سے نمک حرامی کی۔ پھر اس کو کوڑے لگوائے اور کچھ عرصہ کے لیے قید کر دیا۔

کی ذات میرے قصور سے بہت بلند ہے۔ یا اپنا
حق لیں یا رحم اور مہربانی سے کام لے کر بخش دیں
اگرچہ میں اپنی حرکتوں سے شریف ثابت نہ ہُوا،
مگر آپ کو اپنی شرافت اور بزرگی کا ثبوت دینا ہے یما
اب مامون نے سر اٹھا کر میری طرف دیکھا تو میں
نے اس کی آنکھوں میں رحم کی جھلک پائی۔ اب میں نے دو
شعر اور پڑھے جن کا مطلب یہ تھا کہ میں نے بہت بڑا قصور
کیا ہے لیکن آپ کی شان یہی ہے کہ میرا قصور معاف فرمائیں۔
یہ آپ کا احسان ہو گا اور اگر سزا دیں تو یہ بھی بالکل انصاف
ہے ——— یہ شعر سُن کر مامون کو مجھ پر ترس آگیا۔ اس
نے اپنے بیٹے، بھائی اور دربار کے دوسرے امیروں سے
اُن کی رائے پوچھی تو سب نے میرے قتل کا مشورہ دیا لیکن
وزیرِ اعظم احمد بن ابی خالد نے معاف کر دینے کی رائے دی۔
مامون نے اس کا مشورہ قبول کر لیا اور اپنا سر جھکا کر یہ شعر
پڑھا:

"میرے بھائی اُمیم کو میری قوم نے قتل کیا اب اگر
میں ان پر تیر چلاؤں تو یہ مجھ ہی کو لگے گا" (مطلب
یہ کہ اپنے کسی عزیز کو ہلاک کرنا ایسا ہے جیسا اپنے
آپ کو ہلاک کرنا۔)